matinas
& bagatelas

Maria do Carmo Alves de Campos nasceu em 12 de junho de 1946, em Porto Alegre, Rio Grande do Sul, onde reside. Professora Titular de Literatura Brasileira no Instituto de Letras da Universidade Federal do Rio Grande do Sul. Doutorou-se pela Universidade de São Paulo com a tese *A Cidade e o Paradoxo Lírico na Poesia de Drummond*. Entre as suas publicações destacam-se uma série de ensaios literários e alguns poemas esparsos, além dos livros *A Matéria Prismada; o Brasil de Longe e de Perto & Outros Ensaios* (Edusp / Mercado Aberto, 1999) e, como organizadora, *João Cabral em Perspectiva* (Editora da UFRGS, 1995). Como professora convidada ministrou cursos e conferências no Canadá, na França e em Portugal.

matinas & bagatelas

poemas

Maria do Carmo Campos

Ateliê Editorial

Copyright © 2002 Maria do Carmo Campos

Direitos reservados e protegidos pela Lei 9.610 de 19.02.1998.
É proibida a reprodução total ou parcial sem autorização,
por escrito, da editora e do autor.

ISBN: 85-7480-144-5

Editor
Plinio Martins Filho

Direitos reservados à
ATELIÊ EDITORIAL
Rua Manuel Pereira Leite, 15
06709-280 – Granja Viana – Cotia – SP
Telefax: (11) 4612-9666
www.atelie.com.br
e-mail: atelie_editorial@uol.com.br
2002

Printed in Brazil
Foi feito depósito legal

SUMÁRIO

OS MARES DA PALAVRA 11

Matinas 13 • Alvíssaras 14 • Je vous salue, Marie 15 • Baga-
tela 17 • Era uma vez 18 • Poema de inauguração 19 •
Augúrios 21 • Conto de fadas 22 • Momento náutico 23
• Praia 24 • Garopaba 25 • Babel 26 • Para Descartes sem
Barthes 27 • O nome da rosa 28 • Para Drummond 29 •
Matinada 30 • A morte de Tancredo Neves 31 • Confissão
33 • Fogos de artifício 34 • Flor do Lácio 36 • Das naus 38
• Soleil 39

A SEMENTEIRA DOS DIAS 41

Frestas 43 • Esquivanças 44 • Disparo 45 • Terceira mar-
gem 46 • A transparência e o trem 47 • Ótica 48 • Vinheta
49 • Debuxo 51 • Descompasso 52 • Vala comum 53 •
Sesta 54 • Instantâneo 55 • Negativo 56 • Posta-restante
57 • Eclipse 58 • Delírio ambulatório 59 • Simplesmente

Luis 60 • Aderência 61 • Terra 62 • Finados 63 • Lisboa 64 • Salvador 66 • Avenida Paulista 67 • Londres, de um ponto de vista cego 69 • Por alguns florins 70 • Montréal 71 • A missa e os galos 73 • Sobrado 75 • Alegoria 77 • Provisões 80

AS CORES DO MINUTO 81

Escultura 83 • Bela adormecida 84 • Alteridade 85 • Calendário 86 • Opção 87 • Para Penélope 88 • Travessia 89 • Figura 90 • Decolagem 91 • Ciclo da fêmea 92 • Visão 93 • Aos clarins 94 • Hino assimétrico 95 • Viagem 96 • Reprodução 97 • O madrigal e a sorte 98 • Um pé no inferno 99 • A tristeza e a jardineira 100 • Diferença 101 • Definição 102 • Um brinde a Eros 103 • Maldição 104 • Blue 105 • Corrupção 106 • Das aves 107 • Partituras 108 • Outras teclas 109 • Das flores 110 • Manchete 111 • Recado a Walter Benjamin 112 • Primeira mensagem 113 • Segunda mensagem 114 • Em tempo 115 • A insígnia e os elementos 116

Bela
esta manhã sem carência de mito,
e mel sorvido sem blasfêmia.

Carlos Drummond de Andrade
1902-2002

OS MARES DA PALAVRA

MATINAS
(Que deuses investem em tua lira?)

Há sempre um resto de mar
por onde Netuno
despedaçado se alteia

e sussurra em dezenove ventos
sons que a tua lira não sabe
inventar.

—Ventila o quórum das vésperas
e solfeja as matinas
inventariando instantes.

ALVÍSSARAS

Venha a nós o nosso reino
contra a vontade d'El-Rei
que os arautos em naves tais
já embarcaram a ousadia
sobejada fantasia
rumo ao Portal do Cais.

JE VOUS SALUE, MARIE

Lá vai o poema
tão cheio de graça
o senhor é quem passa
bem perto
e não vê.

Lá vem o poema
bendita desgraça
o fruto é pecado
maldito
aqui.

Lá vai o poema
o ventre gigante
a beleza que existe
além do tupi.

O seu balanceado
é mais que moleque
garoto guri.

Lá vem o poema
o senhor é convosco
Moraes Ipanema
Godard

(já parti)

rogando por nós
pecadores
agora da morte
na nossa
(h)ora.

Amem!

BAGATELA

O poeta recolhe o lixo
e mergulha
na prateleira dos descartáveis.

A mercadoria que volta
é bagatela
o deslembrado
que era pedra
de cemitério.

Sem carimbo nem data
Baudelaire visita
nossa calçada.

Cuidado!
Tua memória
arrepiada
pode acordar
desembalada.

ERA UMA VEZ

O poema dorme no limbo dos dias
até que um menino esperto o excite
e ressuscite a fúria dos fusos.

Que topete o do vate!

POEMA DE INAUGURAÇÃO

Na hora mais clara
invoco as bíblias do mar
e os segredos da esponja.

O brinquedo
é teatro de areia
sobre grãos que aprendo a pisar.

No abandono da pedra
o inseto lê a verde condição
onde a mudez dos pés
deseja a água controversa.

Inútil a colheita dos peixes.
As algas são fêmeas
na fundação do nome.

Sei de Ulisses
a dança
e a terra

depositada
a três mares
da palavra.

Vem a sereia
que anuncia:

outrora poetas
sonhavam Netuno
em dezenove ventos.

AUGÚRIOS

Dêem-me o poema
como a salada que não sei
preparar
e ele virá
variante da noite
em natais
e serões
da Ursa Maior.

CONTO DE FADAS

Um gato de botas
atravessa a superfície
das coisas

e perde o assento
na Academia
dos lugares comuns.

MOMENTO NÁUTICO

Teu olho
escotilha
esbate o vermelho
do outro lado do mar

onde as chaves
os peixes
as coisas

visitam em silêncio
um submarino exangue.

Meus passos
na âncora
agora dançam
o Bolero de Ravel.

PRAIA

A mancha do poema
subverte meus olhos
às costas do sol.

Sem equação
sei de mil aves
paridas da luz.

Árida
a alga sonda
a folha

sem que os trevos
às portas do dia
leiam o luar.

GAROPABA

O peixe te invoca na paisagem
e as águas devolvem em cardume
o pescador e o corpo.

O sal rende homenagem
ao velho
pescado entre velas
desdobrado útil.

Do azul expulso
fez-se surdo à gaivota
atirado de vez à terra

no espaço do espelho
entre mar
e morto.

BABEL

Ancho
é o tempero
da esfera.

Só Borges
espelha o acaso
curto circuito
encenação.

Ventilo tais letras
em antro possível
sem desejar hexágonos.

PARA DESCARTES SEM BARTHES

Teu pensar
sistema teu medo
e a ordem
perde de vista
o arabesco.

É que Borges
sem a pátria
esfarela o passaporte.

Com Foucault
Michel atravessa
a Enciclopédia.

O NOME DA ROSA

No livro
a nudez das páginas
e as palavras
em cópula ardente.

Um cheiro velho
e um sobrevivente:
o inseto
morto.

PARA DRUMMOND

Não sei de versos
que me gravem ou calem
pois que vossa lavra
sonhada à voz antiga da mestra
ancora destra
nos portos da minha porta.

E como não tenho cofre
para guardar vossa letra
o anjo das sete faces
no porão encarcerado
foge rápido para a parede
simula emoldurar-se
e rompe o porta-retrato.

MATINADA

> *os fios de sol de seus gritos de galo*
>
> João Cabral de Melo Neto

O galo é sozinho
ou será a manhã?

Cabral abre o mar
e a língua, João?

Esperando Godot
costuro um segredo:
contemplo a manhã
o paço do passaredo.

Sem mais aragem
o meu costume:
um outro lume
e a algaravia.

A MORTE DE TANCREDO NEVES

Brasil
céu e pombas
no dia de uma posse
sem discurso.

A memória da terra
é um povo que espera.
João, José, Arigó, Barnabé,
que é da fé, homens de pé?

O povo tragou-te a alma.
O corpo retorna ao Rei.
Entre verde e esperança
a bandeira toda a meio mastro.

Sem Ravel,
a pavana molda a carne
que *mói no asp'ro*
e também *fantaseia*.

E o mais é retrato
de uma fala sem sossego.
Que é da Nova República?
E Inês, a de Castro,
lá nos campos do Mondego?

Camões, Caetano e Carlos
me perdoem tal história
ou pavana
de uma pátria sem Ravel.
Agora é tarde
(Inês é morta)
o corpo retorna ao Rei.

Cedo o Presidente morto.
Exéquias em São João d'El-Rei.

CONFISSÃO

Amei, Senhor, e porque hei amado
vos tenho a paciência transtornado.

Se a desgarrar-me sobeja o meu amado
a abrandar-me basta o seu pecado.

Que a abrasar-me tenho o seu sentido
a perdoar-me empenho o meu gemido.

Se na alta lisonja sou perdida
o prazer tão repentino é guarida.

Se a ovelha ou a culpa é outra história
perde, amor, pastor e glória

pois nem de Gregório (ou Dante)
a língua sábia e cantante
arde mais que um ledo amante.

FOGOS DE ARTIFÍCIO

Insuficiência teórica
não passa de retórica
atiçada.

A suficiência
com seus joelhos
ergue degraus de brisa
que não sustentam a frisa
dos teus artelhos.

Os ombros é que suportam o mundo.
O pensamento espremido
cavalga sob outro vento
em busca de Raimundo.

A aura acha seu mapa em movimento:
não fulge sob controle
a teu contento.

O corpo da coisa excede o ferro.
As grades não cogitam.
Os paradigmas transitam.

Se o conceito escasseia
o acaso anima o documento.

Teoria pode não ser poesia
nem berro.
Acuada
quer ser uma lufada
mais nada.

O pressuposto é oco:
o ovo é de Colombo.

FLOR DO LÁCIO

Um Luís
da gente insana
alça o vocabulário.

Gregório
bem inventado
profana o escapulário.

O Cláudio
de Mariana
foi tido revolucionário.

O Alves
lá da Bahia
canta a gente
sem breviário.

Olavo
despatriado
remonta o relicário.

O Mário
alucinado
provoca o antiquário.

O Carlos
desperdiçado
esbanja outro inventário.

Cabral
bem evocado
amplia o dicionário.

Agreste
a língua-mãe
só é relíquia
lá no fadário.

DAS NAUS

E quando não mais estivermos
a quem encher os baldes?

Como caravelas
pelo mar sem fim?

Nossa ausência?
Só quando eu sugar o sol
singrando áreas de sal
a alma em Portugal.

SOLEIL

En France
Italie
des ancêtres visionnaires
voisins de ma plume tardive
s'inscrivent intimes
aux couleurs des vagues.

À six heures du matin
qu' y-a-t-il de commun
entre la mer
ces lueurs
et l' écriture?

Au voisinage des astres
la voix qui m'habite
ignore les autres tâches.

Et la posture verte d' un corps d' enfant
supporte toute force végétale
sans séduire le paysage
puisqu'il s'y intègre.

Entière
je passe a soulager les heures
quand le blanc du poème
récite
trois horloges de l' Orient.

Le temps remplace l' espace
s' il embrasse
la provocation des eaux
sur la plage.

Je m' installe aux bleus qui brillent
et l' astre qui ménace la nuit
quitte à jamais l' hôtel des ombres.

A Sementeira dos Dias

FRESTAS

Entre o pé e o plano
uma trincheira e o engano.

Entre os dedos e a palma
agoniza a tua alma.

Entre os teus nós e o frio
esvoaça um arrepio.

Entre o teu ar e o meu olfato
já perdi todo o tato.

Entre abóbora e carruagem
atalho
e rumo a toda voltagem.

ESQUIVANÇAS

Não cabe ao corpo o plano.

Os enganos que cometo
são, pois, metas
ou cometas

de um arco
que nem descrevo.

DISPARO

A supercamada da luz
me entredevora
no raio.

Que sei eu de azuis
no brilho?

O minuto me cega
e pressente
o fotógrafo do ar.

TERCEIRA MARGEM

Trem e córrego
cortam-se aos pedaços
na estrada.

No abraço serpente
um apito verdadeiro.

Quem renascerá?

A TRANSPARÊNCIA E O TREM

Um vidro separa os olhos
da janela.

A janela é que
sem óculos
retém a paisagem

passante
apressada
do lado de fora.

ÓTICA

Coube a um menino
levar pela estrada
o corpo do pai
morto.

Mais que o peso do corpo
vergava-o a dor,
e a infinitude da estrada
o fazia torto.

O que poucos sabiam
é que os dois corpos
redesenhavam o caminho

confundidos numa só mancha
desde o início
da estrada.

VINHETA

Três cães
estátuas vivas
circundam a viatura
acuada.

Sedestres
postados
farejam a segurança
do veículo.

Esculturas em pêlo
lembram bronzes
encarnados
com cola e tudo.

Triângulos esculpidos
emolduram no horizonte
um vivo repetido:

sem mordaça
tudo olham
e silenciam.

DEBUXO

Rebanhos de soldados e pastores
dançam cantilena de velhos
que não se conheceram fetos
com ancas ávidas de ácidos
infecundas por não saberem a mel.

DESCOMPASSO

As cidades todas se parecem
ao fim das tardes de inverno.

Muda nelas
o ritmo dos corações
e a avidez do regresso.

VALA COMUM

Na sementeira dos dias
o excremento aduba
a tua fronte.

Na abundância atômica
o lixo nivela a cidade
e o ar
que é todo o teu fermento.

SESTA

Velhas ventarolas
aventam velhas
em evento de cinza
incenso e Cabochard.

Um vento lento
alarga o tempo
lavrando um tento
no morno momento.

Nada acontece:
um passado absoluto
engole o futuro
que observa atento.

INSTANTÂNEO

Nenhum pudor no
laboratório:

em tubos
sangues e tripas
a opaca numeração.

Entranhas de ontem
processam no branco
a extinção do método.

NEGATIVO

Os militares tomando cafezinho
cerram os punhos
e abrem as mãos
da realidade nacional.

Na foto
abrem mão
da nacionalidade
real.

POSTA-RESTANTE

Convés
sob o signo feijão
em *post-meridiem*
pleno.

Azul é o eixo da sorte
e o navio bilíngüe
embarca belgas e áustrias
em bote breve
do Porto.

Sujeito é o acaso sem morte
em lance de dados
denso.

ECLIPSE

Foge das multidões arco-íris
rostos opacos
consumidos
em narcóticos
Fliperamas
Shopping Centers
superlativos
televisivos
e gente negociada
no supermercado geral.

Antes a clara multidão da rua
dos bares
dos parques
do circo
onde Pierrô sem fantasia
ainda sabe seu contorno
e o palhaço com as próprias pernas
carrega a cor e a dor
de ser um tal.

DELÍRIO AMBULATÓRIO

Delira e ambula
até que as bolhas
bolinem os teus pés.

Deambula a tua espera
perambula a semana
que gira

e torna sempre
ao mesmo
lugar.

O circo.
O carrossel.
O parque.

SIMPLESMENTE LUIS

Ao luar
a sonata
e o guri do jornal.

O furo na calça roxa
não é sombra
de nenhum jacarandá.

Em novembro
a voz ariana de Beethoven
ignora o moreno de um Porto
e o recado alegre da Zero Hora.

ADERÊNCIA

Sigo a sombra
defasada
que me guia
na calçada.
O que sabe ela de mim?

Fugidia
descontente
conteúdo
e continente.
O que mostra ela de mim?

Busco a sombra
atropelada
na calçada.

Quem me guia?

A quem sigo
nesta hora
de sol a pino?

TERRA

A louca flutua
na essência mítica
e a calçada concreta
não vê a solidão
do asfalto.

Em fevereiro
os peixes fogem
ao aquário.

Quem absorve
a poluição
e o papel?

Itinerante
eu quero terra
peregrinação.

FINADOS

Os mortos passeiam flores pela cidade.

O poema profana novembro na tumba.

O anverso exuma o dicionário.

Precoce

a hortênsia espia a tua jardinagem.

LISBOA

De Lisboa
vi o mistério lavado
e a tremura escapada
de outrora.

Colinas
misturas
e as visões ancestrais.

Ruínas
romarias
e as bulas papais.

Depois da Moura
o Encoberto
um sábio
um navegador
mil poetas
o Fingidor.

Ladeiras
guitarras
avenas
pastorais.

Campo de Ourique
e os fados infernais.

O Madredeus
e as águas naturais.

Agora
uma nova espessura
nos cais:
a Mouraria e seus ais
tenuidades nos Olivais.

SALVADOR

sopros de angolas e congos
CARLOS DRUMMOND DE ANDRADE

No soco da capoeira
sorvo meu pai
avô
bisavô
e desenterro velhas ancestrais
cassadas tias
isentas de coco e sêmen
condenadas a bordar o amor
dos outros.

No ar da Bahia
soletro a raça
murmuro magia
e danço a alfa das minhas veias.

AVENIDA PAULISTA

A Avenida Paulista
de tão larga
me passa em revista
e me larga na Quinta Avenida.

As quintas de antes
nem sempre já idas
parlamentam de leve
com a quintessência
dos bancos em greve.

Calemos o poeta
votemos para prefeito
e salvemos as baleias
num restaurante natural

que um helicóptero anônimo
seguro
multinacional
já descolou do vídeo

e deslocando nuvens
executa um solo
a emancipar o céu

LONDRES, DE UM PONTO DE VISTA CEGO

De pedra os leões
e os cavalos
na doméstica amestração.

Alice persegue
um sonho
de estátua em Trafalgar.

Na rainha, não vejo rei.
Na câmara, só os comuns.
O castelo é de cartas.

Waterloo
arranca os olhos
à História

enquanto os parques
dantes verdes
processam cães
supostamente
reais.

POR ALGUNS FLORINS

todas as janelas do mundo
dão sobre Amsterdam.

Canais e pontes
com gaivotas
em ritmo de bicicleta.

MONTRÉAL

À Montréal
je divise mes frontières
ville mystère qui échappe
aux cicatrices des langues maternelles
meurtrières.

Vitrail d'un inconnu
point de fuite de deux rivages
auberge survivante d'une histoire à
oublier.
Dois-tu loger la parole de l'huile dans
les flaques d'eau?

Montréal néon
mon ambigüité t'envahit
et ton visage resiste
oxymoron d'une guerre froide
portrait d'un silence à visiter.

Tu resistes et je t'apprivoise
invisible miroir de ma propre disparition
fragments d'un tout
à moi-même interdit.

Tes chemins, tes rues, tes boulevards,
où courent-ils?
Quel est le contre-sens de tes ponts?
Sais-tu l'avenir de la montagne?

Le Saint-Laurent s' en fiche
et il s'endort sous l'evidence
de quelques morceaux gelés
inachevés.

A MISSA E OS GALOS

A missa do galo
é um grito perdido
ontem
a dois passos
do amanhecer.

Os cantos
se equivocaram
e os sinos soldam
um apelo mudo
que os ouvidos
não podem
ser mais feridos.

Há muito auferimos
notas roucas
onde grãos e sangue
submetem os pés.

O menino regressa
todos os anos
e a missa é messe
quermesse
de um giro
que ainda não gera.

Dezenas de galos loucos
saturam de pedra
seu canto voz.

E quem tecerá a manhã?

SOBRADO

Circundo a casa velha
vai ser demolida
pedras arestas
frestas
portas por onde
entrei.

Janelas rebeldes
vencem tapumes
e largam segredos
às deixas do vento.

O telhado carente
liberta-se à asfixia
da sombra e as tumbas
do vivido tremem
ao circuito do ar.

Quem rebentará
a fiação da memória?

Desejos e presenças
na veneziana que bate:
a casa não está vazia.

O amor de graça.
O dia tardo
tão vivido.

Ana, Paulina, no feminino
e o entranhado
masculino.

Meu pensamento
no tijolo esfarelado.

ALEGORIA

A alma não envelhece.
Vive seu fado.
Cumpre a travessia.

A alma não envelhece.
Vive sob a telha
ou desfalece.

A alma é que entretece
o seco das horas
rumo à folia.

A alma é que entorpece
o ato e o corpo
a cada dia.

A alma desvanece
e suga a loucura
qual mais valia.

A alma é que envaidece
a mulher da vida
à revelia.

A alma é que enfurece
qual vento ou sanha
afrodisia.

A alma fortalece
o sortilégio, a alergia
toda a franquia.

A alma é que encarece
o princípio e o verbo
o dano, a alegria.

A alma umedece.
Tece o medo, a vigília
qual aporia.

A alma transparece
clara e sombria
no olho, na fímbria,
Zeus já dizia.

A alma é que aparece.
Tua água, teu fogo
sem mais porfia.

A alma não envelhece.
Vive tardia.
Só cumpre a travessia.

PROVISÕES

Quando assimilares o silêncio
a neve baterá à tua porta
postulando um claro
que a verdade não contempla.

Quando escutares a forma
que o vento reparte com o ar
resplenderá o trigo
sem desandar-te o pão.

Quando a pá do tempo
moer-te o êxtase
teu dom perdoará o minuto
e salvará o amarelo do medo.

As Cores do Minuto

ESCULTURA

> *para Aphrodite,*
> *onde ela estiver.*

Nada mais antigo
que um ventre
de mulher.

BELA ADORMECIDA

Nasce a menina.
Cobrem-na todas as cores da rosa
suspeitas de maravilha

enquanto fadas e fusos
espiam nos bastidores.

ALTERIDADE

Que é da professora
das lições ventiladas
aos nove anos?

Nos olhos traídos
poros em quantidade
e uma rusga
com a velhice.

Na boca
a frase travessia:
– Quem lhe contou
que eu era abismada?

Violando cadernos
toco de ouvido
as cores arlequins
de um teclado distante.

CALENDÁRIO

Entre o mês e o signo
menstruas
o estado das coisas.

Sem firma
o Zodíaco digita
os dias

e o telefone
mal dita cravos
bem-me-queres.

OPÇÃO

Que Amor seja em dias
como um canto de pássaro
a integrar os tempos.

Mas dele possa destoar azul
e às vezes se refaça em púrpura
como um sol como um sol
como um sol.

PARA PENÉLOPE

Teço a malha
dos que hão de vir
ao meu corpo

com mãos que suportam aromas

enquanto preparo café ao devir.

TRAVESSIA

Fui, com desejos repartidos.

João Guimarães Rosa

Vim
e a forma dos pés
sabe aos passos
que não dei.

O dia nascente
são sendas
contendas
aos seios que dei.

Aos talhes
farelos de luz
esvoaça em flor
a escultura de Jocasta.

No branco
o verbo desvelo
mas onde tecer-te
a veste?

FIGURA

Ele tinha sentimentos rurais
e sua palavra era
da ordem do sêmen
astuciando a flor.

DECOLAGEM

Teu olhar em mim
não é volúpia
ainda.

Sou ímpia
ao saber os pulsos
de Deus.

E se vôo
é que o instante
engravidou o pouso.

CICLO DA FÊMEA

alga

anjo   galga

mãe

VISÃO

Na inocência do *cooper*
as formas
nuas de doer.

Nos eixos da minha retina
a tatuagem
corpo e anatomia.

A carne
sempre (é) parte
de outra carne.

AOS CLARINS

Quando pitangas desabotoarem a aurora
teu corpo
postulado e peixe
me desfará
a forma da gravidade.

HINO ASSIMÉTRICO

Eu canto o ponto cume
do nosso encontro tonto
e conto sem quebranto
por não saber confronto
com verso de outro vértice
ou ponto.

VIAGEM

Eu queria ser um sonho
a percorrer teus meandros
fissuras vontades
e palmilhar-te invisível
em vivas vias de sol.

Eu queria ser um sonho
iluminar tua essência
invadindo descalça
teus espaços nus.

Eu queria ser um sonho
serpentear à deriva
como um vento
ou barco
e naufragar no avesso
de outros sonhos teus.

REPRODUÇÃO

A guria
que vês
na foto
grafia
é a menina dos teus olhos
ou ela existia?

E os beijos
que viajam
no meu sangue
atrás do dia
vêm de ti
ou tudo é miopia?

O MADRIGAL E A SORTE

Senti um cheiro de morte

e o vento vincou uivos
sobre franjas, vozes, palmas
no rastro de todos os verdes.

Em que dedos
as espigas
do teu norte?

UM PÉ NO INFERNO

Onde o cenário?

Não há teatro
moldura
ou sentinela.

A realidade
doida
e sem cortinas
entra em socos
pela porta
e pela janela.

A TRISTEZA E A JARDINEIRA
(orquídeas crescem na senzala?)

Tu és muito mais bonita
que a camélia que morreu.

A dança é jogo visível
e o compasso dilui-se
ao anúncio dos pés.

Sou voz de ave
o canto no extravio
a cara sem atavio.

O laço é desenlace
sem circo ou carnaval
só fadas ao largo
seduzem os nós.

Nós outros
retinas de orquídea
dezenas de antenas
em alas de abril.

DIFERENÇA

Entre nós
suor e fresta
na fronteira
ex-alada
dos corpos.

DEFINIÇÃO

De mim a ti
não há ponte.
Sou quilha.

UM BRINDE A EROS

Entre as soleiras da morte
e a loucura do amor
um intervalo

com ensaios
de vida vã.

MALDIÇÃO

Ai de mim, parede
a poluir os rios
que me purificam.

BLUE

Rebenta a hortênsia
ostensiva
gárrula.

A estesia azul
morre
no horto.

CORRUPÇÃO

A dádiva
nada dá
à diva
pois outorga
a si mesma.

DAS AVES

No meu silêncio
a tua presença
desde um tempo meu
sem morada
até os dias
que não habitarei.

E simultâneos
numa noite cega
de tanta luz
navegamos
dois pássaros.

PARTITURAS

A mesma: Entre a valsa e a máquina
Chopin me salva
sobre dígitos.

A outra: Na salvaguarda das teclas
Frederico sem a pátria
anarquiza o deslizado bemol.

Nós outros: As frestas das notas
(à parte)   degustam sem dó
a rouca escritura.

O coro: Que nação
sutilizaria polacos
e meridionais?

OUTRAS TECLAS

Cortaremos o piano em mil fragmentos de unha?

CARLOS DRUMMOND DE ANDRADE

O poema é um sustenido
sem atestado
de sobrevivência.

Quantos bemóis
entre Debussy e Nazareth?

Na surdez oceânica
a viagem da partitura.

Um piano secular
me assombra
e me considera feliz.

DAS FLORES

No entretempo do azul
o verde reveste
a tua falta
de pétalas.

Na chorosidade
os tristes
despedem a casa
de Eros.

Sem poros
abafam o círculo
o frêmito
teu pólen.

MANCHETE

Óculos escuros invadem a manhã
e atestam para os devidos fins
que alguns sonhos resistirão à luz.

RECADO A WALTER BENJAMIN

No antes e no hoje
aura e ruína
me dispensam.

PRIMEIRA MENSAGEM

Ó homem que foges
e ceifas teu ontem ao galope das horas
despindo na ira raízes em seiva
o exílio engendra a mesma tua cela
e dela farias o ninho primeiro
se em fio de gota ou ato ligeiro
lograsse Amor sorver-te aos goles
por inteiro.

SEGUNDA MENSAGEM

Freqüenta o cerne e o vago
e habita a tormenta que nasce
do silêncio que te rompe a face.
Aquece as candeias do medo
que entre domas e teias
vencerás do tempo a porta.

Já sem telhado e sem nome
pescarás o dom da terra
pisarás os grãos do cosmos
e saberás em cada umbral
os feixes todos
de um corpo.

EM TEMPO

Usurpa o minuto do ar
e dele
entre canto e ais
faz teu barco
verbo
mãe
ou cais.

A INSÍGNIA E OS ELEMENTOS

Do teu peito ao meu
saltam brasas
brasões
churrascos
e chimarrões.

Do teu peito ao meu
chegam ondas
arroios
riachos
e ribeirões.

Do teu peito ao meu
voam ventos
assopros
minuanos
e furacões.

Do teu peito ao meu
passam a terra

a areia
o barro
as legiões.

Título	*Matinas & Bagatelas*
Autora	Maria do Carmo Campos
Projeto Gráfico e Capa	Plinio Martins Filho
Editoração Eletrônica	Aline Sato
	Amanda E. de Almeida
Formato	13,5 x 21 cm
Tipologia	Bembo
Papel de Miolo	Pólen Rustic 120 g
Papel de Capa	Papelão Reciclado
Impressão e Acabamento	Lis Gráfica
Número de Páginas	120